PRIME PAGINE

ISBN 88-7927-540-2

CONIGLIETTO VA IN MONTAGNA

Francesco Altan

EMME EDIZIONI

OGGI È IL COMPLEANNO
DI CONIGLIETTO.

LA MAMMA GLI FA
UN REGALO.

IL REGALO È
IN UNA SCATOLA BLU
COL NASTRO VERDE.

NELLA SCATOLA
C'È UN PAIO DI
SCARPONCINI ROSSI.

CONIGLIETTO CHIEDE:
«A COSA SERVONO?»

LA MAMMA RISPONDE:
«A CAMMINARE
IN MONTAGNA».

CONIGLIETTO PARTE
CON LO ZAINETTO
IN SPALLA.

NELLO ZAINO C'È TUTTO
QUELLO CHE SERVE
PER IL CAMPEGGIO.

CONIGLIETTO CAMMINA.

FA UN PO' DI FATICA
PERCHÉ LA STRADA
È IN SALITA.

VEDE UNO SCOIATTOLO
SOPRA UN SASSO.

IL SOLE TRAMONTA.

È ORA DI PIANTARE
LA TENDA.

LA TENDA È GIALLA.

IL BOSCO È SILENZIOSO.

CONIGLIETTO HA FAME.

PRENDE DALLO ZAINO
UNA PENTOLINA
CON LA ZUPPA
CHE HA PREPARATO
SUA MAMMA.

ADESSO DEVE
SCALDARLA.

CONIGLIETTO NON SA
COME FARE IL FUOCO.

UN ORSETTO
ESCE DAL BOSCO
E DICE: «TI AIUTO IO».

L'ORSETTO ACCENDE
IL FUOCO.

CONIGLIETTO E
IL SUO NUOVO AMICO
MANGIANO LA ZUPPA
CON IL CUCCHIAIO.

L'ORSETTO SI CHIAMA FRED.

DICE: «CHE BONTÀ!»

FRED REGALA
A CONIGLIETTO
UNA BELLA CAROTA.

CONIGLIETTO REGALA
ALL'ORSETTO
UN PO' DI MIELE.

FRED È MOLTO CONTENTO.

COMINCIA A PIOVERE.

CONIGLIETTO E FRED
SI RIPARANO
SOTTO LA TENDA.

CONIGLIETTO DICE:
«LA TENDA È
MOLTO UTILE».

CONIGLIETTO E L'ORSETTO
SI SDRAIANO
SOTTO LA COPERTA.

SI RACCONTANO
UN PO' DI STORIE.

POI SI ADDORMENTANO.

MENTRE DORMONO,
LE NUVOLE VANNO VIA.

NEL CIELO SERENO
SI VEDONO LE STELLE.

DOMANI SARÀ
UNA BELLISSIMA GIORNATA.

...E ADESSO GIOCHIAMO

COMPLETA I NOMI.

T _ N _ A

Z _ I _ O

R E _ A _ O

C A _ _ T _

G _ C _ I _

S _ A _ P _

TROVA LE DUE SCARPE UGUALI.

COLORA LA SIGNORA
CONIGLIA
SECONDO LA TAVOLOZZA.

6
7
6
1
7
8
3
2
5
6
4
5
7
7
5
4
6
8
2
2

QUANTI SONO?

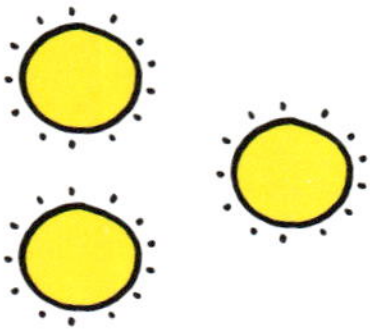

COLLANA PRIME PAGINE

1 IL PINGUINO NINO, di Francesco Altan
2 CARLOTTA FA UN GIRETTO, di Francesco Altan
3 IL BOSCO DI EMI, di Beatriz Doumerc e Ayax Barnes
4 ERNESTINO E GLI UCCELLINI, di Beatriz Doumerc e Ayax Barnes
5 LA NUVOLA OLGA, di Nicoletta Costa
6 LA STORIA DEL SIGNOR AQUILONE, di Nicoletta Costa
7 GLI ANIMALI DELLO ZOO, di Angelo Ruta
8 LA FORMICA AL BALLO, di Claude Delafosse
9 LA BALENA ROSA, di Andrea Musso
10 PALOMA VA ALLA SPIAGGIA, di Francesco Altan
11 LA PAPERA PIERA, di Donatella Chiarenza
12 L'ALBERO VANITOSO, di Nicoletta Costa
13 IL GATTO CAMILLO, di Roberta Ottolenghi
14 LA GALLINA CODA, di Barbara Duran
15 IL PAESE DI COLLILUNGHI, di Donatella Chiarenza
16 IL POMODORO DI BERNARDO, di Andrea Musso
18 BIANCO & AUGUSTO E IL PALLONCINO, di Claude Delafosse
19 IL PETTIROSSO PIPPO, di Francesco Altan
20 IL COMPLEANNO DELLA LUNA, di Nicoletta Costa
21 LE VACANZE DI ROMEO, di Roberta Ottolenghi
22 GLI AMICI DI LINO, di Donatella Chiarenza
23 BERNARDO VA IN CITTÀ, di Andrea Musso
24 IL NATALE DI SASÀ E COCÒ, di Paolo Cardoni
25 ADA VA NEL BOSCO, di Francesco Altan

26. MARTINO PESCATORE, di Fulvio Testa
27 LA MUCCA MOKA, di Agostino Traini
28 GIACOMO E GIACOMINO, di Cecco Mariniello
29 SIMONE ACCHIAPPASUONI, di Francesco Altan
30 VIVA GLI SPOSI!, di Donatella Chiarenza
31 UNA STRANA FATTORIA, di Fulvio Testa
32 IL MIO PADRONE VA A SCUOLA, di Agostino Traini
33 DOMANI È FESTA, di Lella Gandini e Nicoletta Costa
34 IL LUNA PARK DI ROBI, di Roberto Luciani
35 BUONANOTTE NUVOLA OLGA, di Nicoletta Costa
36 IL SIGNOR ACQUA, di Agostino Traini
37 IL SOGNO DI CIRILLO, di Francesco Altan
38 BERNARDO E LA NEVE, di Andrea Musso
39 L'AIUTANTE DI BABBO NATALE, di Agostino Traini
40 A GIOCARE NELL'ORTO!, di Marcella Moia
41 LA MUCCA MOKA SI DIVERTE, di Agostino Traini
42 IL PESCATORE E IL FILO, di Roberto Piumini e Claudia Melotti
43 GAIA, LUCA E L'UCCELLINO, di Anna Curti
44 CONIGLIETTO TORNA A SCUOLA, di Francesco Altan
45 LE OLIMPIADI NELLA PALUDE, di Silvia Vignale
46 IL TOPO ROBERTO, di Agostino Traini
48 IL PRULLALLEGRO, di Miria Magnolfi e Agostino Traini
49 UN ANNO CON LA MUCCA MOKA, di Agostino Traini
50 CARLOTTA PRENDE IL TRENO, di Francesco Altan
51 LA NUVOLA OLGA E IL SOLE, di Nicoletta Costa
52 BERNARDO A SCUOLA, di Andrea Musso
53 IL SIGNOR TALPA E IL TOPO NINO, di Nicoletta Costa

Finito di stampare nel mese di aprile 2002
per conto delle Edizioni EL
presso Editoriale Lloyd S.r.l., S. Dorligo della Valle (TS)